오필리어

-The Other Side-

전용환 희곡

서울특별시

오필리어
-The Other Side-
전용환 희곡

문학공원

〈책을 펴내며〉
핍박 받는 또다른 오필리어를 위하여

 가을이다. 단풍으로 세상이 아름답게 물들고 있다. 세상이 아름다운 것처럼 사람살이도 아름다웠으면 좋겠지만, 사람살이의 내면을 파헤쳐보면 끊임없는 욕망으로 점철되어 있다. 우크라이나와 러시아 전쟁이 4년째 계속되고 있고. 이스라엘과 하마스의 전쟁도 너무나 비참한 결과를 남기고 휴전에 돌입하고 있다.

 혹독한 6.25전쟁을 겪은 우리나라 사람에게 휴전이라는 말은 언제든 다시 전쟁을 할 수 있는 상황을 말하는 상태였고, 그로 인해 수 많은 젊은이들이 군대에 가서 젊은 시절을 봉사해야 했다. 그런 욕망의 과정 속에서 희생된 여성들이 얼마나 많은가? 나는 연극대본을 '오필리어'라는 여자 주인공을 조명해 여성들의 아픈 내면을 다독이고 사랑이 강조된 사회를 그 야말로 아름다운 사회를 꿈꾸며 집필했다.

나는 여성 우선주의의 페미니즘 작가는 아니지만, 남자들의 욕망에 따라 희생되는 여성들이 없는 사회를 꿈꾼다. 나의 그러한 의도가 연극계와 연극하는 사람들에게 전파되길 희망한다.

우리는 흔히 인생을 연극에 비유하곤 한다. 그럴 때 연극은 비극이다. 행복한 인생은 비유할 필요가 없다. 기구한 운명에 놓인 인생이 여러 번의 극적인 과정을 통해 성공을 이룰 때 관객들은 카타르시스를 느끼게 된다.

그런데 요즘 연극은 너무나 재미위주로 진행되고 있어서, 끊임없는 시련을 견뎌내는 삶의 모델이 될만한 연극이 많지 않은 게 현실이다. 주제가 간단하고 소시민적인 주제일수록 극장 안으로 관객을 모을 가

능성이 높지만, 나는 고전, 그것도 비극적 여성이란 무거운 주제를 가지고 관객을 맞이하려 한다. 계란으로 바위치기인 줄 안다.

더 이상 철학을 가르치지 않는 대학, 국문학과가 없어지는 시대다. 이에 나는 예술이 자유와 평등이란 진리를 빼고 성립한다는 것은 기둥 없는 집 같다는 생각을 한다. 고전과 비극을 재해석하긴 힘들지만 가야할 길이다. 이 시대에 수없이 핍박받는 또다른 오필리어에게 새로운 삶을 부여하고 싶다.

2025년 늦가을

지은이 **전 용 환**

〈서문〉
권력놀음에 희생된 오필리어를 통해 정의를 말하다

김 순 진(문학평론가 · 고려대 미래교육원 강사)

    이 희곡은 연극을 위해 쓰여진 글이다. 전용환 희곡작가는 이 글에서는 세익스피어의 4대 비극이라 일컫는 『햄릿』, 『리어왕』, 『오델로』, 『멕베드』 중 햄릿을 여성의 관점으로 재해석하고, 햄릿왕의 왕비로 내정되었으나 주목 받지 목하고 일찍 죽은 '오필리어'를 주인공으로 하고 있다. 오필리어는 플로니어스의 딸이자 레어티스의 동생으로 햄릿이 그의 아버지 플로니어스를 왕으로 오해해 칼로 찔러 죽인다. 이를 안 오필리어는 그만 강물에

뛰어들어 자살하게 되는데, 이 연극에서는 둘의 연을 또다시 이어놓아 하늘나라에서 다시 만나 사랑하게 한다. 이 연극의 발단은 이렇게 시작된다.

왕궁에 한 발의 총성이 울린다. 왕과 왕비는 인질이 되고, 햄릿은 행방불명된다. 오필리어는 이미 광기에 잠겨 있다. 도대체 무슨 일이 있었던 걸까? 극은 거꾸로 시간을 되감으며 며칠 전의 사건으로 돌아간다.

시간은 역순으로 흐른다. 노래를 부르며 등장한 오필리어는 어항 속 금붕어를 바라보다가 자신의 머리에 총을 겨눈다. 그 이전의 장면에서는 왕궁의 혼란이 뉴스 속보처럼 전해지고, 다시 며칠 전으로 돌아가 오필리어가 왕과 왕비를 인질로 삼는 장면이 이어진다. 그녀는 왕에게 자신과의 약속을 이행하라 요구하고, 왕비에게 햄릿의 행방을 추궁하지만 끝내 실패한다.

극은 계속해서 시간을 거슬러 올라간다. 햄릿이 폴로니우스를 살해하고 도망친 뒤, 궁정 내부는 혼란에 빠지고, 왕비는 햄릿과의 갈등과 오필리어에 대한 불신 속에서 괴로워한다. 한편, 폴로니우스는 햄릿과 오필리어의 관계를 단절시키려 하지만, 결국 햄릿의 손에 죽음을 맞이한다.

시간이 더 거슬러 올라가면, 오필리어는 햄릿의 사랑이 신분과 권력 때문이라 믿는 햄릿의 냉담함에 절망한다. 그러나 그보다 전에는 두 사람이 다시 만나 서로의 사랑을 확인하고, 오필리어는 햄릿을 완전히 자신의 곁에 두고자 한다. 클로디어스는 이 틈을 이용해 오필리어를 권력의 도구로 삼으려 하고, 그녀는 점점 왕국의 정치적 중심에 발을 들이게 된다.

이전의 시간에서는 오필리어가 아버지와 왕의 뜻에 따라 거짓된 이별을 통보하고, 햄릿은 광기에 휩싸여 그녀를 거칠게 몰아세운다. 그보다 더 이전에는 왕과 왕비의 결혼식과 햄릿의 불만이 이어지고, 그보다 더 먼 과거에는 햄릿과 오필리어의 순수한 만남과 사랑이 있었다.

막간에서는 죽은 후 중천(中天)에서 마주한 오필리어와 왕비 거투르드가 서로를 배척했던 이유와, 권력의 그

림자 속에서 희생된 자신들의 삶을 회한과 함께 이야기한다. 그리고 마지막으로, 어린 시절 왕궁으로 이사 온 오필리어와 햄릿의 첫 만남이 보여지며, 거꾸로 진행된 이야기의 끝은 그들의 시작으로 되돌아간다.

결국 이 역행하는 서사는 한 여성의 내면과 선택, 사랑과 권력, 그리고 기억의 균열을 통해 "오필리어의 다른 얼굴" - 즉, 우리가 몰랐던 그녀의 목소리를 드러내는 여정이 된다.

한편 '오필리어'는 영국의 저명한 화가 '존 에버렛 밀레이(John Everett Millais)'의 명화로도 유명한데 , 그는 라파엘 전파협회를 주도한 19세기 영국의 화가로 주요 작품은 〈노아의 방주로 돌아온 비둘기〉. 1848년 윌리엄 홀먼 헌트와 단테 가브리엘 로세티와 함께 라파엘 전파협회를 결성했는데, 이들은 이탈리아의 라파엘로부터 이후의 양식이 유래했다고 믿었다. 1856년에는 일반 대중 사이에서 가장 큰 성공을 거둔 〈눈 먼 소녀〉를 그렸는데, 이 작품은 빅토리아 시대의 감성과 능숙한 기법을 보여주는 걸작이다. 1863년에 왕립 아카데미의 정식회원이 되었다. 그의 이 작품 〈오필리어〉는 찔레꽃과 난초가 피어있는 어느 작은 연못에 바져죽은 오필리어를 그린 그림인데, 풀숲을 보면 얼핏 해골 같은 것이 보이는데, 이는 오필리어가 옷을 입은 채 목욕하는 것이 아니라 죽었다는 것을 상징하기 위해 그렸다는 설도 있다.

 이 연극대본은 고전을 새로운 시각으로 리메이크함으로써 요즘 관객의 대부분인 대학생과 젊은이들에게 좀더 쉽게 다가갈 수 있는 대본이라고도 말할 수 있는데, 이는 우리 연극이 통속소설 적 사랑놀음과 지나친 효의 강조 등의 뻔한 주제 등의 취약점을 고발하고 있다고도 말할 수 있다. 이 연극대본은 동시에 통속적인 대사와 우리만 아는 줄임말 등을 자제함으로써 요즘 케이팝 데몬 헌터스의 폭발적인 인기에 힘입어 쏟아져 들어오는 외국인 관광객을 연극무대에 끌어드릴 수 있는 효과적인 대본이라는 생각을 해보게 된다.

지난날 우리 영화가 세계를 제패할 수 있었던 것은 대학로로 대표되는 연극시장이 활성화되었기 때문이다. 그동안 수없이 많은 연극인들과 희곡작가들이 우리 영화와 드라마의 기초체력을 길러주었고, 필자 역시 「윌리엄 해밀턴 쇼」라는 미국 청년의 죽음에 관한 이야기와 「나 여기 있소」라는 은평구 북한산 자락에 전해져 내려오는 〈여기소〉라는 연못터에 관한 전설을 연극 대본을 써서 공연한 바 있다. 이에 나는 이 연극대본 『오필리어 - 더 아더 사이드』란 연극대본이 연극을 쓰고자 하는 작가지망생들에게 좋은 교재로 평가한다.

이 연극대본 『오필리어 - 더 아더 사이드』에서 전용환 작가는 죽음과 연극, 그 인간의 한계를 넘나드는 설정 속에서도 요즘 유행하는 젊은이들의 용어를 간간히 사용하면서 풍자와 위트로 연극을 이끌어가고 있어 듣는 사람들로 하여금 폭소와 공감을 유발한다. 그렇지만 이 연극대본이 우리에게 주는 강력한 메시지는 남성적 시각에서 바라본 왕권을 둘러싼 햄릿의 비극적인 과정과는

달리, 그런 권력놀음에 희생된 오필리어의 죽음과, 다시 만나 사랑하게 되는 천상계에서의 만남, 그리고 연극이라는 특별한 설정 속에서 가상의 대화로 이루어지는 꿈의 실현에 우리는 주목하여야 한다. 말하저면 권력놀음에 희생된 한 여자의 죽음을 통해 이 시대가 무엇을 요구하고 있는지, 그 정의를 말해준다고 할 수 있다.

차례

책을 펴내며	5
서문 - 김순진 문학평론가	8
시놉시스	18
# 1장 - 에필로그 오필리어에 관한 회상	24
# 2장 긴급 뉴스	28
# 3장 인질극	32
# 4장 스캔들 리포트	60
# 5장 거투르드의 불안	68
# 6장 폴로니우스 인터뷰	80
# 7장 햄릿과 오필리어 재회 & 파탄	84
# 코러스 막간극	98
# 8장 폴로니우스, 클로디어스, 오필리어 각각의 방백	102
# 9장 연극	112
# 10장 세기의 결혼식 - 모든 배역 등장.	120
# 11장 연애편지	124
# 12장 중천	130
# 13장 - 프롤로그 햄릿과 오필리어의 첫 만남	138

시놉시스

시놉시스

○ 왕궁에 한 발의 총성이 울린다. 왕과 왕비는 인질이 되었다. 햄릿은 행방불명되고 오필리어는 미쳤다…. 도대체? 왜? 극은 전 속력으로 며칠 전으로 돌아가 오필리어의 은밀한 이면을 보여준다. 이 모든 장면의 전개는 시간의 역순이다.

1장. 에필로그 - 오필리어에 관한 회상 -

- 노래를 부르며 오필리어가 등장한다. 어항의 금붕어를 희롱하다 총으로 자살한다.

2장 - 긴급 뉴스 -

- 그 며칠 전, 아나운서가 오필리어와 그녀의 아버지

폴로니우스의 실종 소식과 그에 따른 왕궁의 혼란을 방송과 인터뷰로 전한다.

3장 - 인질극 -

그 며칠 전. 오필리어는 왕과 왕비를 인질로 잡고 사라진 햄릿에 관하여 은밀하게 왕과 거래한 약속을 이행하라고 협박하고, 왕비에게 햄릿의 행방을 추구하나 모두 실패한다.

4장 - 스캔들 리포트 -

폴로니우스를 살해 한 후 도망치는 햄릿의 모습과 궁정내부의 스캔들에 대한 인터뷰.

5장 - 거투르드의 불안 -

햄릿의 극중극 후, 왕비 거투르드는 왕과 햄릿의 불화와 오필리어에 대한 불신으로 괴로워한다. 그 후 폴로니우스가 등장해 햄릿을 야단치라고 이야기하다 햄릿에게 죽음을 당한다.

6장 - 폴로니우스 인터뷰 -

그 며칠 전. 인터뷰에서 폴로니우스는 햄릿과 자신의 딸 오필리아와의 연인 관계를 부정하고 그 둘의 관계가 끝났음을 알린다.

7장 - 햄릿과 오필리어 재회 & 파탄 - 그 며칠 전

① 햄릿은 오필리아의 사랑이 자신의 신분과 권력을 노린 것 때문이라고 판단하고 그녀를 멸시하며 그녀와의 사랑은 끝났음을 통보한다.

② 바로 그 전 - 햄릿과 오필리아는 결별 후 오랜만에 만난다. 햄릿은 그녀를 절실히 원한다고 애원하고 오필리어는 그런 그를 확실히 자신의 곁에 두고자 한다.

8장 - 폴로니우스, 클로디어스, 오필리어 각각의 방백 -

클로디어스는 햄릿과의 사이가 멀어진 오필리어를 이용하여 햄릿의 의심과 복수를 방지하고자 한다. 오필리어는 그런 왕의 말을 받아들여 권력의 일원이 되고자 하는 자신의 야망을 더욱 굳건히 하고자 마음먹는다.

9장 - 연극 -

그 전. 오필리아는 햄릿의 마음을 떠보고자 왕과 아버지의 뜻을 받들어 거짓 이별을 통보하나 햄릿은 광기에 휩싸여 오필리아를 거칠게 대한다.

10장 - 세기의 결혼식 -

왕과 왕비의 결혼식과 선왕의 죽음에 대한 햄릿의 의심과 불만이 펼쳐진다.

11장 - 연애편지 -

아주 오래 전. 햄릿과 오필리아의 만남과 순수한 사랑의 모습, 그리고 연애의 과정을 보여준다.

12장 - 중천 - 막간극

죽은 후 중천(中天)에서 만난 오필리아와 왕비 거투루드는 서로를 배척한 이유와 권력의 다툼에 희생된 자신들의 회한을 이야기한다.

13장 - 프롤로그 - 햄릿과 오필리어의 첫 만남 -

아주 오래 전. 왕궁으로 이사 온 어린 오필리아와 햄릿의 첫 만남.

1장 에필로그
오필리어에 관한 회상

1장. 에필로그 - 오필리어에 관한 회상

오필리어 누워있다. 그 옆에는 금붕어가 헤엄치는 어항이 놓여 있다.
오필리어는 금붕어를 잡으려 한다.

오필리어 : 나는 지금 경계에 있어요. 죽어가는 중이지만 아직 죽지 않은 사이. 이승과 저승 사이. 시작도 끝도 없는 모든 시간과 싹을 틔우고 수확하는 모든 공간 사이에. 당신들은 날 순진한 소녀로 생각했나요? 멋진 왕자와 사랑에 빠진 철없는 인형쯤으로? 어쩔 수 없이 연인의 광기에 희생되고만 바보 같이 순진한 애가 나에 대한 당신들의 판단인가요? 그건 더 없는 거짓이에요.

그래요. 내내 힘들었죠. 그래요. 내내 혼란스러웠지요. 그래요. 판단의 실수도 있었고 그래서 스스로를 살해했죠. 그렇지만 옳고 그르던 그게 내 인생이었어요. 내 인생은 나의 선택으로 빚어졌고 그게 나였죠. 이제야 사랑이 사악할 수도 있다는 걸 알았네요. 하지만 내 창백했던 욕망들…. 여전히 난 그 느낌들을 사랑해요.

웃는다.

2장
긴급 뉴스

2장. 긴급 뉴스

앵커 뉴스 준비. 이어폰, 프롬프터 등을 점검한다.
뉴스 시작을 알리는 시그널.
  조명 들어온다. 진행이 황색뉴스처럼 요란하고 과장스럽다.

앵　커 : 안녕하십니까, 왕궁뉴스 앵커 코넬리입니다. 긴급뉴스입니다. 햄릿 왕자의 여자로 알려졌던 오필리어양이 싸늘한 시체로 발견됐다는 충격적인 소식입니다.
그녀의 아버지인 폴로니우스 왕궁 의전 실장의 갑작스런 실종소식을 전한 지 얼마 되지 않아 또다시 이어진 이 사고로 궁정은 당혹감을 감추지 못하고 있습니다.

저희 취재팀이 힘들게 입수한 충격적인 단독영상입니다.

- *죽어 있는 오필리어, 어지러운 경광등, 놀라는 시민들*

앵　커 : 궁정으로부터의 공식 브리핑이 나오고 있지 않은 가운데 영국에 유학중이던 오필리어의 오빠 레어티즈가 무장을 한 채 이곳 덴마크로 오고 있다는 속보입니다. 도대체 무슨 일이 벌어지는 걸까요?
흥미가 진진하네요.
다음 뉴스는 저희 방송국의 단독 특종입니다.
좀처럼 진전이 없던 노르웨이와의 평화협정에 관한 것인데요.
왕의 밀사가 극비리에 친서를 가지고 노르웨이 왕자 포틴브라스와 접촉하고 있다는 것이 정통한 소식통에 의해 확인되었습니다. 현 정부의 최대 업적이 될만한 노르웨이와의 전쟁 종식, 평화협정 구축이 과연 뜻대로 진행될지 의문이지만….

방송 송출이 중단된다.

삐…. 삐….

3장
인질극

3장. 인질극

탕!!! 무대 밖에서 총소리 들린다.

클로디어스 : 이제 이 자루 좀 벗겨주지.

오필리어 : 어디 있어? 우리 약속은?

총을 든 오필리어 흥분해 있고 제 정신이 아닌 듯…
오필리어 불안하게 방 안을 돌아다니다가 왕의 머리에서 자루를 벗겨준다.

오필리어 : 어디 있어?

클로디어스 : 진정해. 이럴 것 까지 없잖아. 그리고 우린 적이 아냐. 적이었던 적이 없어. 한번도.

오필리어 : 그래 적이었던 적 없지. 너희들 맘대로 움직여주는 줄 달린 인형이지. 그게 날 미치게 한다고!

거투르드 : 이게 무슨 일이야? 원하는 게 뭐야? 햄릿?

클로디어스 : 아마도….

거투르드 : (웃는다.) 대단해. 난 갈래.
오필리어 : 꼼짝 마! 돌아 서!

클로디어스 : 정말 이 방법 밖에 없어?

오필리어 : (자신에게) 알아! 이 미쳐 돌아가는 세상

에서 총칼 따윈 아무 쓸모 없다는 걸. (왕에게) 다른 길이 없어.

클로디어스 : 능력에 부치는 엄청난 일을 벌였구나. 이건 반역이야. 알고는 있어? 지금 넌 최고 존엄을 납치한 거라고.

오필리어 : 그런 위협은 별 효과가 없답니다. 난 잃을 것이 없으니까.

거투르드 : 이게 무슨…. 촌스럽게!

오필리어 : 촌스럽게? 물론 왕과 왕비께서는 나름대로 확고한 신념과 능력을 가지고 이 자리에 올랐겠지. 세상의 존경을 받고, 세련되고 우아한 사람들을 만나 예술에 대해 이야기하고, 부러움을 받으며, 사랑과 평화, 화합과 치유에 관해 떠들어대지.

거투르드 : 괜한 희생자 코스프레 하지 마. 이제 와서. 너도 그 고상함을 취하려 하지 않았니?

오필리어 : 그런데 난 이젠 완전히 끝난 거 같거든…. 앉아!

거투르드 : 목말라. 목말라.

오필리어는 술병을 꺼내 잔에 따라 거투르드에게 준다.

오필리어 : 자, 여기.

클로디어스 : 물은 없어?

오필리어 : 알코올이 필요할 것 같은데.

거투루드는 틈을 타 오필리어의 총을 잡는다.
실랑이가 벌어지고 클로디어스도 가세한다.
그 가운데 울리는 총성. 총은 다시 오필리어에게 있다

클로디어스 : 자, 우리가 처해있는 현 상황을 한 번 얘기해 볼까.
　　　　　이 맑고 쾌청한 날, 왕자의 애인이 왕과 왕비를 인질로 잡고 총을 겨누고 있어.
　　　　　좀 있으면 온 나라가 난리가 나고 공포에 휩싸이겠지. 도대체 왜? 목적이 뭐야?

오필리어 : (은밀하게) 몰라서 물어?

클로디어스 : (은밀하게) 그렇게 가치 있 놈일까?

오필리어 : 왕께서 그 가치를 부여해 주시겠지.

거투르드 : 그게 무슨 말이야?

클로디어스 : 지 애비.

거투르드 : 애비?

클로디어스 : 당신 집사…. 거 있잖소, 폴로니우스.

거투르드 : 폴로니우스? 요 근래 안 보이더니….

오필리어 : 우리 아빠한테도 무슨 짓을 꾸민 거야?

거투르드 : (화들짝 놀란다.) 무슨 짓이라니?

클로디어스 : (역시 은밀하게) 난 아무 관련 없다고.

오필리어 : 관련 없어?

클로디어스 : 그래…, 어 그게 말이야…. (거투르드를 가리키는 행위를 한다) 당저 여자 아들….

거투르드 : (당황해하며) 쉿!

오필리어 : (거투르드에게) 뭔가 알고 있지?

클로디어스 : 오필리어, 우리가 어떻게 해 주길 바라지? 내가 보기엔 이건 그대 스타일이 아니야.

오필리어 : 내 스타일이 어떤데?

클로디어스 : 이건 아니지. 우리가 아는 오필리어는 순수하고, 순결하고, 청순하고, 순종적이고…. 또…, 핫 하고…. 그건 취소.

거투르드 : 됐고…. 너 이러는 거… 햄릿 때문이야?

클로디어스 : 우리가 도와 줄 수 있어. 방법은 많아. 하지만 이런 식이라면 나중에 뒷감당은 어쩌려고?

거투르드 : 참 대단해. 아주 꿈이 커, 아가씨.

오필리어 : 막다른 골목이니까. 내 아버지는 궁정에 불려간 후에 감감 무소식….
그리고 난 온 세상에 다 알려진 대로 난 왕자의 여자였는데,
왕자는 날 차버리고 어디론가 사라져서 감감 무소식.

거투르드 : 널 차? 햄릿이 널 찼다고?
햄릿 속을 그렇게 태우고 절망에 빠트리고 먼저 헤어지자고 했던 건 바로 너야.

사이

오필리어 : 내가 왜 그랬을까요?

클로디어스 : 나? 뭐가? 자자, 사랑 얘긴 좀 이따 하고….

거투르드 : 뻔하지. 그렇게 밀당을 하면서,
햄릿을 홀려서 어떻게든 왕족의 일원이 되겠다는 거.

오필리어 : 난 그럼 안 되나?
남편의 죽음에 눈 감고 그 동생과 결혼한 것보다 낫지 않나?
뱀에서 태어난 이여! 자기 꼬리나 물고 있으시지요.

거투르드 : 네가 미쳤구나. 제 정신이 아니야.

오필리어 : 품위와 수줍음을 흐려놓고, 순수한 사랑을 앗아가고 거기에 창녀 낙인을 찍은 이.

거투르드 : (오필리어에게 술을 끼얹고 팔찌를 던진다) 이거나 가지고 가서 조용히 살아. 햄릿은 다 잊어버리고.

오필리어 : (팔찌를 차며 웃는다.) 잘 알고 있지. 우리 여자들은 덕지덕지 분을 쳐 발라 하나님이 주신 낯짝을 영 딴판으로 만들어 버린단 말이야.
춤추며 날뛰고, 간드러진 걸음을 걷고, 알랑수를 부리며 나풀대고 순진한 탈을 쓰고 음탕한 짓을 하지 않나. 오, 안 돼, 도저히 참을 수 없어. 그게 날 미치게 해.

클로디어스 : (말리며) 그만해. 왕비는 아무 상관없잖은가? 그냥 여자일 뿐이야.
뭘 어떡할 머리고, 생각이고, 뭐가 없어. 아편쟁이라고.

오필리어 : 오, 그런 식으로 논란의 중심에서 빼 주시겠다!
아주 대단한 남편 나셨네. 그러지 마. 사상(思想)이 싸 보이잖아.

클로디어스 : 그런데 이 세상은 말이야, 솔직히 싸구려 사상들이 끌어가고 있다고.
거기에 덧붙여 자신들이 꽤 고상하다고 생각하는 삼류들이 기름칠을 살짝 해주면 더 부드럽게 돌아가는 거지.

거투르드 : 사랑도 마찬가지지. 삼류들의 사랑이 더

절절한 법이지. 신파처럼.

오필리어 : 그럼 왕비께서는 사랑으로 왕과 엮이신 건가요?
　　　　　난 당신과 당신 애인 사이를 설명할 수 있다고, 지지 보지 노는 꼴을 보면.

거투르드 : 날카로워.

클로디어스 : 내 칼날이 들어갈 땐 신음 깨나 할 걸.

거투르드 : 더 고우나 더 미워요.

오필리어 : 그런 식으로 여자들은 남자들을 속이고 받아들이지.
　　　　　(둘을 주시하며 밖을 살핀다)

클로디어스 : 한땐 나도 그대를 사랑했지.(입 맞춘다)

거투르드 : 그렇게 믿게 했지요, 폐하.

클로디어스 : 일이야 어찌됐든 오랜만에 함께 있어서 기분이 좋아. 당신은 아닐지 모르겠지만.

거투르드 : 오늘 일은 알아도 내일은 어찌 될지 모르죠. 당신이 변하게 되면 복 많이 받으시길….

클로디어스 : 난 당신을 좋아한다고. 여전히 좋아할 거고.

오필리어 : 당신들의 연기는 아주 그럴 듯 해.
하지만 벙어리들의 전화 통화처럼 기괴하고, 라디오의 침묵처럼 괴이쩍고, 꽃이 오줌냄새를 풍기는 것처럼 망측해.

클로디어스 : 이쯤 했으면 됐어. 충분히 그대 마음을 알았으니 우린 그만 물러갈게.

오필리어 : 이대로 아무 일 없었던 것처럼 발을 빼시겠다….

클로디어스 : 자네는 혼란에 빠져있어. 자신이 낚시 바늘에 꿰여있는 벌레처럼 느껴지지? 거미줄 위의… 뭐지?

거투르드 : 파리….

클로디어스 : 아무것도 할 수 없을 땐 그냥 아무것도 하지 않는 거야.
그게 너희들이 사는 길이야.
네 오빠가 지금 네 모습을 보면 어떻게 생각할까?

거투르드 : 경고하는 거네?

클로디어스 : 빙고!

거투르드 : 오줌마려.

오필리어 : 그냥 꽃병에다 봐.

거투르드 : 급하다고!

클로디어스 : 별 일 없을 거야. 그냥 보게 해 줘.(왕비를 부스로 데려다준다)

오필리어 : 참 대단들 해. 죽도 척척 맞고.

클로디어스 : 오필리어! 그간 내가 깨달은 뭐 하나를 알려주지.
모든 정치게임에서 써먹고 있는 방법이야.

전 세계에 동일한 법칙을 적용해.

권력을 잡고 싶다면 이 철의 규칙을 명심해.

첫째, 자기 쪽 피 묻은 자는 버릴 것. 어떤 이데올로기에 목숨을 바칠 각오가 된 사람은 절대로 권력을 잡을 수 없어. 자네가 그 피 묻은 자라고 치자.

어떻게 될 것 같아? 영웅이 될 거 같아?

툭 까놓고 얘기해 보자고.

오늘 자네가 슬픔에 눈이 멀어 나를 죽인다 치자. 햄릿이 살아 있다면 왕위에 오르겠지. 그럼 햄릿이 자네 엉덩이를 툭툭 쳐가며 아내로 맞아 왕비로 만들어 줄 듯 싶은가? 천만에. 햄릿은 자네를 법정에 세울 거야.

동정심이라곤 없는 판사들 앞에 서게 되고,

마녀사냥 같은 재판을 통해 사형을 선고받을 걸 자네는 과거의 유물이 될 걸세. 그게 세상

돌아가는 시스템이야. 그러니 그대가 고귀하고자 한다면 그 고귀함이 권력과 서로 얼굴을 맞대지 않도록. 천박한 권력놀음에 끼지 말고….

노크소리

클로디어스 : 깜짝이야! 뭐야?

전　　령 : 급한 전갈입니다.

클로디어스 : 여긴 더 급해.

전　　령 : 무슨? 아, 네. 그럼 이건… 그럼 급한 일 보십시오.

편지를 건넨다. 클로디어스 오필리어의 눈치를 살

피며 읽는다.

클로디어스 : 망할! 이 자식, 눈치채고 도망쳐 버렸네. 어디로 사라진 거야!!! 햄릿!!
로젠크란츠, 길더스텐!! 이 바보같은 놈들!!! 내 그렇게 신신당부하면 잘 지켜보라고 했건만.

오필리어 : (편지를 뺏어 읽는다) …햄릿이 영국으로 가는 배에서 해적에게 납치….

클로디어스 : (다시 뺏어 찢는다) 좌우지간 금 수저 새끼들은 이래서 안 돼.
입만 살아서는…. 불안해, 불안해, 맘에 안 들어.

오필리어 : (총을 겨누며) 또 무슨 속임수야?

클로디어스 : 속임수라니?

오필리어 : 햄릿을 영국으로 빼 돌리려고 한 거잖아.
그럼 나는?
나랑 한 약속은?

클로디어스 : (거투르드를 가리키며) 쉿!

오필리어 : 이 거짓말쟁이 사기꾼!

클로디어스 : 거짓말쟁이? (웃는다.) 누구보다 더 많은 사람을 속인 건 너야. 말 잘 듣는 딸인 척 애비를 속이고, 정숙한 척 오빠를 속이고, 사랑한답시고 햄릿도 속이고.

오필리어 : 속고 속이는 건 자연의 법칙이라고, 햄릿을 떠 보고, 햄릿을 감시하고, 햄릿을 내

안에 가둬두라고 했잖아!

클로디어스 : 그런데 오필리어, 너는 실패했어. 이미 알고 있을 텐데. 햄릿을 잘 생각해 봐. '죽느냐' 때문에 겁쟁이가 되었지만, 그 겁쟁이는 불안의 기운을 온갖 곳에 퍼뜨리고 있지. 요즘 말로 돌 아이 같이 굴지만 그건 확실히 권력을 얻기 위한 책략이야. 그래서? 공포와 불안을 이용하는 거지. 지금 햄릿이 하는 모든 헛 짓거리를 봐. 공포를 야기 시켜 불안을 감돌게 하고 판을 뒤흔들어서 주도권을 잡으려 하는 거라고. 그리고 그 불안은 바로 자기 옆에서 시작하는 법이지. 너는 이용당한 거야. 햄릿은 너를 이용한 거야! 너는 버림받았다고!

오필리어 : 아니야! 햄릿을 데려와. 나를 있게 해 준다고 했어!

클로디어스 : 진정해. 진정…. 이 불안한 영혼아.

오필리어 : (거투르드에게 종이를 내밀며) 받아 써!
아니…. 아니…. 이렇게 써.
'햄릿, 너와 오필리어는 오해의 희생양이야.'
오필리어는 왕의 명령을 받고 그렇게 한 거야.
오필리어는 너와 함께 내 무덤에서 눈물지을 사람이야.
여전히 너를 사랑하고 있어. 죄가 있지도 않고.
너에 대한 순수한 사랑만이 여전히 가득해, 적고 있어?

거투르드 : 아직도 햄릿과 뭔가 남았다고 생각하는 거야?

오필리어 : 햄릿을 데려와. 나를 있게 해 준다고 했어!

클로디어스 : "To be…." "있게 해 준다…." 어디에? 무엇으로?

이곳에? 왕자의 아내로? 그게 너를 있게 해 준다고 생각하는 거야?

오필리어 : 햄릿은 나를 사랑해!

거투르드 : 사랑, 그게 있게 해 줄 수 있을까?

클로디어스 : 그러게 말이오. 요즘 애들이란… 내 생각을 말해줄까? 사랑이야말로 권력의 또 다른 행위지. 넌 그 사랑이라는 알량한 권력으로 햄릿을 흔들어놨어. 그 느낌, 그 맛을 있게 해 준다고 믿은 거야.

오필리어 : 아니야!

클로디어스 : 맞을걸. (불을 끈다.) 사랑? (웃는다.) 어둠속에서 불이 밝아지면 문둥이들이 서로를 바라볼 수 있을까?

또 노크소리

클로디어스 : (깜짝 놀라며) 아, 진짜! 놀랬잖아. 또 뭐야?

전 령 : 급한 전갈이 또 왔습니다.

클로디어스 : 여긴 진짜 급하다고! 꼭 결정적인 순간에… 그냥 놓고 가!

종이가 문 밑으로 미끄러진다. 거투르드, 집어 들고 읽는다.

거투르드 : 폴로니우스의 실종 소식을 듣고 레어티즈

가 출발했다.

오필리어 : 오빠….

거투르드 : 눈에는 냉기가 흐르며 입에서는 불을 뿜고 있다. 막으려 했으나 막을 수가 없었다.

클로디어스 : 레어티즈 그 성질 급한 놈이….

거투르드 : 불안해…. 불안해….

오필리어 : 아빠한테 무슨 일이 벌어진 거야!!

거투르드 : 이 모든 게 다 너 때문이야. 사랑이 어쩌니 저쩌니 세상을 온통 살인과 음모로 가득 차게 했어. (쓰러진다.)

클로디어스 : (부축하며) 이제는 너에게 남은 단 한 사

람 네 오빠마저 위험에 빠트리고···.

오필리어 : 내가···, 내가···? 난 아무 짓도 하지 않았어.

클로디어스 : 그래. 아무것도 하지 않았지. 그러니 아무 것도 하지 마.
그냥 아무 일도 없었던 것처럼 가만히 우리를 보내.
그러면 네 곁에 한 사람은 남아 있을 거야. 네 오빠.

오필리어 : 햄릿은···.

클로디어스 : 지난 일이잖아.

오필리어 : 돌아올까···.

클로디어스 : 기대치를 낮춰. 아, 이거 하나는 말할 수 있지. 네 오빠 레어티즈는 살려두지.

오필리어 : 레어티즈…. 안 돼. 오빠는 안 돼….

클로디어스 : 오필리어. 여기서 멈춰.

오필리어 총을 내려놓는다. 왕과 왕비 나간다. 왕 다시 돌아온다.

클로디어스 : 아! 나 궁금한 게 있어. 네 아비 폴로니우스가 사라졌어. 뒤이어 햄릿도 사라졌어. 그 둘은 평소에 앙숙이었는데 이게 뭘 의미할까?
넌 똑똑하니 알거야. 그런데 왜 모른 척 하지?
아, 맞다. 진실과 기만은 같은 가지에서

나오지.

네 아비는 햄릿에게 살해당했어. 아주 비참하게, 잔인하게 수 십군데 찔려서.

그런데도 넌 생각을 멈췄어, 왜? 어쨌든 이쯤에서 그만 작별을 고하지.

(퇴장하려다) 아, 난 이 나라를 사랑해.

이 나라가 엉망진창으로 돼 가는 걸 보고 싶진 않아.

그렇게 하는 게 내 일이야. 계속 진행 중인 자네의 사랑을 위해!

그리고 순간의 감정에 휘둘리지 않도록 건배!

나도 진심으로 이 땅에 사랑이 이뤄지길 바래.

오필리어. 잘 생각해 봐. 네가 누구인지? (퇴장)

오필리어 : 한 때 존재했던 사람. 엉망이었지만. (퇴장한다.)

4장
스캔들 리포트

4장. 스캔들 리포트

기자, 인터뷰 준비를 하면서 얼굴과 옷매무새를 다듬고 있다.

코 널 리 : 아, 한참 물올랐는데…. 오밤중에 무슨 일이야?

기 자 1 : 오늘 밤 왕궁에서 무슨 연극 공연이 있었는데 거기서 왕과 왕자 사이에 뭔 일이 터졌대.

코 널 리 : 대박사건. 넘버 원과 넘버 투 사이의 알력이라….

기 자 2 : 폴로니우스 쪼인트 까이고….

기 자 1 : 햄릿의 여자, 침묵을 깨고 오필리어 다시 모습을 드러내고….

코 널 리 : 그런데 이게 연예뉴스야, 정치뉴스야?

기 자 2 : 그런데 코널리. 앵커자리 물 먹었다는 소문이 돌던데?

코 널 리 : 무슨 소문? 내가 무슨 물을 먹었다고….

기 자 1 : 차였다며?

코 널 리 : 차이긴 누가 차여? 내가 찼다. 그 더러운 국장 놈을.
비앙카, 고 여우같은 계집애.
온갖 얌전한 척 다하더니 국장한테 꼬리쳐

서 앵커자리를 꿰 찼다고.

두고 보자. 얼마나 가나?

준비됐어? 시작한다.

왕궁뉴스 전문기자 코널리입니다.

저는 지금 엘시노어 궁전 앞입니다.

오늘 밤 궁정에서 연극 공연 중 갑자기 공연이 중지되고,

공연 팀 관계자들이 체포, 구금되었다는 소식입니다.

논란의 중심에는 햄릿 왕자가 있다는 사실이 목격자들의 증언으로 드러나고 있습니다.

햄릿, 분장한 채로 바쁘게 지나간다. 코널리가 그를 발견하고 막아선다.

코 널 리 : 오늘 공연에 출연한 연기자 분 같은데 오늘 일에 대해 한 말씀 해주시죠?

햄　　릿 : 기가 막힌 공연이었습니다.

코 널 리 : 아, 네에. 햄릿 왕자가 연관됐다는 게 사실인가요?

햄　　릿 : 그건 노코멘트.

기　　자 : 이 행사를 기획한 폴로니우스 의전실장이 사색이 되서 폐하께 불려갔다는 소식이 있는데….

햄　　릿 : 아! 그 늙은이. 기획은 무슨… 자기가 공연을 중간에 중지시켰어요.

기　　자 : 그럼 공연을 중지시킨 무슨 이유라도 있나요?

햄　　릿 : 그건 중간에 빠져나간 폐하께 직접 물어보는 게….

기   자 : 장난해? 그걸 어떻게 물어봐? 철통보안인데….

햄   릿 : 그지?

기   자 : 관계자들이 체포될 것이라고 하던데….

햄   릿 : 그런데 어디 기자인지?

코 널 리 : 왕궁뉴스 전문기자 코넬리입니다. 재판에 넘겨진다는데?

햄   릿 : 그럼 안 되지. 연극이란 게 예나 지금이나….

코 널 리 : 됐고요, 폐하와 왕비님이 따로 따로 퇴정하셨다는데,
두 분 사이에 무슨 문제라도 있어 보였나요?

햄   릿 : 술 마셨어?

코 널 리 : 노코멘트. 오필리어양도 오늘 공연에 초대 됐죠? 봤나요?

햄   릿 : 아마도. 여전히 이뻐.

기   자 : 햄릿 왕자님과 진한 스킨십도 있었다던데?

햄   릿 : 진했어. 엄청 야해. 치마 속으로 머릴 집어넣더라고.

기   자 : 대박! 특종! 햄릿왕자와 오필리어 재결합하다. 좋았어!(나가려한다.)

햄   릿 : 배우로서 부탁이 있는데 이 말을 꼭 넣어줘. 어쨌든 연극이란 건 과거에나 현재나, 본성을 거울에 비추고, 바로 이 시대와 이

시절의 그 형체와 생김새를 정확하게 보여주는 일"이잖아요. 그런데 그걸 문제 삼는 권력이나, 권력의 눈치를 보고 보도도 안 하는 언론이나 다 문제가….

코 널 리 : 지금 언론을 협박하는 겁니까?

햄   릿 : 협박은 무슨. 시대가 어느 시대인데, 좋은 시대잖아요.

기   자 : (나가면서) 일개 광대 놈이 별….

기자, 퇴장한다.
무대 뒤에서 바쁘게 움직이는 그림자들.
햄릿, 웃는 듯 우는 듯 퇴장.

5장
거투르드의 불안

5장. 거투르드의 불안

거투르드 : 애야, 그 연극 제목이 뭐였더라? 요즘 들어 뭘 자꾸자꾸 깜박해.
아, 그래. 쥐덫! 뭐? 술 때문이라고?

시 녀 : 아무 말도 안했습니다, 왕비님. 연극 너무 너무 재밌었습니다.
어떤 여자가 늙고 나이 든 남편대신 남편의 동생인 젊은 정부와 놀아나다 그 젊은 애인이 나이든 남편을 살해한다는 얘기죠? 연극은 교훈이니 뭐니 해도 막장이 최고지 않습니까?

거투르드 : 너무 선정적이야. 누가 쓴 거라고?

시   녀 : 햄릿 왕자님이 직접 쓰셧답니다.

극작, 연출, 해설에 젊은 정부 역할로도 출연하시고…. 깜짝 놀랐습니다. 연기도 어찌나 멋지게 잘 하시던지~~.

그러니 왕비가 왕을 버리고 넘어오지요. 너무 공감 가더라고요.

끝까지 봤어야 되는데 폐하께서 갑자기 몸이 안 좋으시다고 급히 자리를 뜨셔서 공연이 중단되지 않았습니까? 너무 아쉽습니다.

거투르드 : 요즘 국정 운영에 문제가 많아. 다들 이해했을거야. 그런데 그 애는 왜 온거야? 끝나지 않았어?

시   녀 : 누구?

거투르드 : 오필리어. 햄릿이랑 끝났다고 하지 않아?

시 녀 : 왕자님이 초대하셨답니다. 전에 대판 싸우고 완전 쫑 났다고 하던데….
전에 햄릿 왕자님의 마음이 식었다, 변했다, 울고불고 그 비싼 반지를 던지고 막 그냥 아주 볼만 했답니다. 정신이 나간 거죠.

거투르드 : 난 그 애가 싫어. 그 이름도 싫어.

시 녀 : 그러게 말입니다. 오늘 옷은 또 그게 뭡니까? 허벅지가 다 보이는 짧은 치마를 입고 와서는 살포시 들추고 앉는 꼴이라니. 앉는데 왜 치마는 들쳐? 그리고 왕자님이 무릎 베개를 하려니까 "안 됩니다, 왕자님" 그러더니
왕자님이 뭐라 뭐라 하니까 "예, 그렇게 하십시오, 왕자님"하고 허벅지를 내주고….
정말 꼴불견이지 말입니다.

거투르드 : 머리 아파….

시　　녀 : 폴로니우스 의전 실장님이 폐하의 처소에서 나옵니다.
이 시간에 무슨 일일까요? 요즘 부쩍 두 분이 자주 만나십니다.

거투르드 : 사귀나보지. 그 양반 참 짠해.
말단 공무원부터 시작해서 어떻게든 버텨보려고 온갖 애를 쓰는 게 안쓰러워 왕궁일을 시켰더니 어찌나 고마워하던지.
오필리어 그 애도 지 애비처럼 분수를 알면 좋으련만.
그 애에게서 나는 길거리 냄새가 한 몫 했겠지. 햄릿을 자극 시키는데….
그래, 착한 햄릿은 유서 깊은 개 대신 족보에도 없는 걸 들인 것에 대해 뿌듯해 하지.

만약 그 애가 더 고마움을 느끼고 더 헌신할 수도 있다면, 아들일 수도 있어.

만약 그 애의 눈물이 위험스럽지 않다면….

그 애의 미소가 절박하지 않다면….

난 온갖 금은보화를 주고라도 그 애를 샀을 거야.

(폴로니우스 등장한다. 시녀를 조용히 내보낸다. 엿 듣는다)

하지만 그 애를 봐. 천진난만한 미소 속에 감춰진 이상한 광기…

순수함으로 가장된 마음을 움켜잡는 위험한 감각…

사람을 현혹시키는 눈물. 순수의 대명사?

햄릿은 그 애를 사랑해. 인정해.

하지만 걔가 어떻게 주인을 무는지 햄릿은 몰라.

남들은 흥미진진하게 지켜보겠지….

햄릿은 고통 받을 거야

오필리어…. 난 그 애가 싫어. 처음 본 그 순간부터.

폴로니우스 : 폐하께서 진노하셨습니다. 왕자님이 곧 이곳으로 올 겁니다.
아까 그 연극 때문에 벌어진 일을 수습하실 분은 왕비님뿐이십니다.
햄릿 왕자님을 엄하게 꾸짖으십시오.
폐하의 분노를 막으실 분은 왕비님뿐이십니다.
햄릿 왕자님을 확실히 하지 않으면…
(나가다가 햄릿을 보고 급히 돌아와서는)
저기 왕자가 오네요. 아까 그 일…, 확실히…. (숨는다)
햄릿의 소리 . 플로니우스 급하게 숨는다.
햄릿, 칼을 들고 얼굴엔 연극 분장을 하고 기이한 꼴로 등장.

거투르드와 마주 본다.

햄　　릿 : 어머니, 무릎에 누워도 되겠습니까?

거투르드 : ……………

햄　　릿 : 그냥 무릎만 베고 눕자는 겁니다.

거투르드 : 뭐, 그 정도라면야.

햄　　릿 : 내가 상스러운 짓이라도 할 줄 알았소? 남의 여자 무릎 베는 것도 괜찮은데? 이런 낙도 없이 무슨 재미로 살았는지 몰라.

거투르드 : 천하의 어릿광대.

햄　　릿 : 창녀는 천상의 잠자리에서도 권태를 느껴

살 냄새를 밝히는 법. …괜찮으세요, 어머니?"

거투르드 : 실성한 게로구나.

햄 릿 : 미쳐 하는 헛소리가 아닙니다. 내 말을 들으세요. 왕의 침실로 가지 마세요. 정절이 없더라도 있는 척 하세요. 오늘 밤만 참아보세요. 그럼 내일 밤엔 참는 일이 쉽게 될 것이며, 모레 밤엔 더욱 더 쉬워질 겁니다.

거투르드 : 너 때문에 네 아버지가 화 나셨다.

햄 릿 : 당신 때문에 내 아버지도 화 나셨지.

거투르드 : 닥쳐! 내 앞에서 무례하게 굴지 마라.
(햄릿을 밀쳐낸다.)

햄   릿 : 안 되죠. 더럽고 역겨운 냄새가 뒤범벅이 된 이불 속에 들어가 그 더러운 돼지 같은 놈과 시시덕거리며 몸을 섞다니요 어머니….

왕비에게 달려들어 거칠게 옷을 벗기려 한다. 폴로니우스, 달려들어 햄릿을 밀쳐낸다.

폴로니우스 : 그만해!

햄   릿 : 왕이다!!!!

1. 햄릿 플로니우스를 찌르고 거투르드 아악!!!

2. 죽은 플로니우스 좌절하는 햄릿. 햄릿을 끌어내는 거투르드
  클로디어스 등장하여 놀란다.

3. 칼 닦는 거투르드 햄릿을 내 보내는 클로디어스

클로디어스 : 영국으로 도망 가!!!!!

클로디어스 가운을 벗어 시체를 덮고 수습한다.
거투르드를 일으켜 세워 안도시키며 미소 짓는다.

암전

6장
폴로니우스 인터뷰

6장. 폴로니우스 인터뷰

폴로니우스 : 여기? 여기 앉으면 돼?

뭘 또 이런 인터뷰까지….

내 아들이요? 레어티즈! 참 잘난 놈이지요.

대견하고, 왕립 군사학교 수석 입학에 수석 졸업!

영국 유학도 가고요. 그것도 국가장학금으로요.

따르는 부하도 많아.

어렸을 때부터 효자에다, 공부 잘해,

싸움도 어디 가서 지고 들어오는 법이 없어요.

독한 놈이야.

지 동생도 끔찍이 여기구.

오필리어도 지 오빠 말엔 꼼짝 못해.

오필리어?

오필리어는 왜? 그 애 얘기를 왜 해달라는 거야?

안 하면 안 돼? 뭐라고? 유명하다고?

예쁘긴 뭐가 예뻐!

이름? 제 어미가 지은거야.

걔가 태어나던 순간 여자애라는 걸 알고 그 이름이 떠올랐대.

자기네 말로 달의 아이라나 뭐라나, 뭐 그런 뜻 이래, 그 이름이.

엄마 닮았냐고? 그럼 나 닮았겠니?

나쁜 년. 애들 버리고….

잠깐, 이 얘기는 왜 한 거야? 빼 줘.

뭐? 다시 만나? 에이. 말이 되는 소리를. 왜?

설마? 진짜야? 확실해?

소문이 쫙 났다고? 아냐. 둘 사이는 저번

에 끝났어.

끝났다고. 쫑! 땡!

이놈의 계집애, 그러지 말라고 했더니 결국 망신만 당하고…

응? 아냐, 아무 일도 아냐.

가만히 집 안에 쳐 박혀 있으라고 그렇게 단속을 했건만.

지 어미 닮아서. 아, 이러면 계산 복잡해지는데.

왜긴 왜야?

왕가하고 흥정하긴 좀 그러잖아.

그리고 왕자의 상태가 안 좋아.

왕위 계승도 불안하고. 아 진짜….

7장
햄릿과 오필리어 재회 & 파탄

7장. 햄릿과 오필리어 재회 & 파탄

오필리어 : 안녕하십니까. 왕자님. 오랜만이네요.

햄 릿 : 오필리어….

오필리어 : 어쩐 일로…? 무슨 하실 말씀이라도….

햄 릿 : 명랑하네, 오필리어.

오필리어 : 우리 같은 장난감이야 슬퍼도 명랑해야 하는 걸요.

햄 릿 : 장난감?

오필리어 : 우린 왕자님 기분에 따라 함부러 할 수 있는 장난감 아니었나요?

햄　　릿 : 무슨 말이야. 우린 친구잖아.

오필리어 : 우린 친구가 아니죠.

햄　　릿 : ….

오필리어 : 난 이런 걸 걸치고 당신은 비단 옷을 걸쳤는데요.

햄　　릿 : 그게 무슨 상관이야?

오필리어 : 그래서 우린 친구가 아니란 거죠.

햄　　릿 : 오필리어. 내 말 좀 들어 봐.

오필리어 : 이만 가보겠어요.

햄   릿 : 우리가 함께 한 그 많은 시간….

오필리어 : 우린 함께 한 게 아무것도 없어요.

햄   릿 : 오필리어….

오필리어 : 왕자님이 원하는 건 이젠 내게 없어요.

햄   릿 : 원하는 거 없어. 나는 그대가 너무 그리웠어.

오필리어 : 나를? 왜요? 어여쁜 수많은 왕족과 귀족 아가씨들이 도처에 깔렸는데….

햄   릿 : 내가 사랑하는 사람은 그대니까!

오필리어 : (독백) 지금 이 순간부터…. 마음이여 냉

정해지라. 그 밖에 모든 일은 쓸데없는 것이니….
이건 기억나? 이 창녀! 수녀원이나 가!
당신은 자신의 어머니와 삼촌인 왕에 대한 불만에 휩싸여 정신이 나가서는 나 따위는 생각하지도 않았잖아. 자기감정에 취해서 험한 말로 날 모욕하고, 거칠게 대하고. 자기감정 하나도 주체 못하고….

햄　　릿 : 그건 연극을 한 거잖아.

오필리어 : 연극이라고? 아! 연극?

햄　　릿 : 그때 무언가에 홀려서…. 미안해.

오필리어 : (뿌리치며) 내가 아는 햄릿은 광기에 휩싸여 모든 것을 던져버리는 그런 사람이 아니야.

햄　　릿 : (괴로워한다.) 당신은 이해 못 할 거야. 내가 가끔….

그대를 향한 내 마음은 변함이 없어. 나 무서워. 내 곁에 아무도 없어.

(오필리어가 밀쳐내도 다시 안는다.) 나를 용서해 줘.

오필리어 : 당신의 행위는 용서할 수 있어. 하지만 당신의 마음은 아냐.

햄　　릿 : 제발 가지 마. (안으려한다.)

나 햄릿의 마음 모두는 당신을 사랑하는 것이 될 거야. 맹세해.

오필리어 : (입맞춤한다.) 우린 서로에게 최고가 될 수 있을 거야.

햄 릿 : 그런데 내가 아무것도 없다면?

오필리어 : 덴마크의 왕이?

햄 릿 : 내가 왕이 될 생각이 없다면?

오필리어 : 당신은 왕이 될 거야.

햄 릿 : ….

오필리어 : 당신, 햄릿이잖아. 나는 그대 햄릿 마음속에, 햄릿 사랑 속에, 햄릿 옆에 온전히 서 있고 싶어.

햄 릿 : 햄릿이 왕이 되지 않는다면?

오필리어 : 그렇다면 나 오필리어도 없는 거지.
당신이 햄릿이어야만 내가 있는 거니까.

(간다.)

햄　릿 : 당신이 햄릿이어야만 내가 있는 거니까." 이게 그대의 계획이야?

오필리어 : 계획이라니?

햄　릿 : (잡는다.) 나의 처지, 나의 고독과 불안, 혼란, 죄책감을 이용해 나를 옭아매려는 계획.

오필리어 : (빠져나가려한다.) 무슨 얘기야?

햄　릿 : 그럴 싸 했어. 깜빡 넘어 갈 뻔 했어. 기가 막힌 연기야….

오필리어 : 그런 거 없어!

햄   릿 : 오필리어. 우리 사이에 문제가 있어.

오필리어 : 무슨 문제?

햄   릿 : 당신은 결코 날 사랑한 적이 없어.
그냥 내가 제공하는 환상에 빠져 있었던 거지.

오필리어 : 무슨 말이야?

햄   릿 : 신분을 올려주고, 권력의 일원이 되게 해 주고, 부를 유지해 주고, 부러움을 받는!

오필리어 : 알지도 못하면서 끼워 넣지 마.

햄   릿 : 하지만 말이야 오필리어, 그대 아비가 계략을 짜서 그대를 감시하고, 나를 떠 보려 하고,

오필리어 : 아니야!

햄　　릿 : 그대가 아비 말을 듣고 나를 감시한 그 순간부터!!
내가 준 선물과 편지를 돌려주며 내 반응을 지켜보고!!
그 모든 걸 왕과 그대 아비에게 그대로 고해바치고!!!

오필리어 : 그건 연극이었잖아. 우리가 약속했던!

햄　　릿 : 아니, 우리의 연극이 아니었어! 솔직히 얘기하자고. 그건 연극 속의 또 다른 연극이었잖아. 왕이 제작하고, 그대 아비, 그 늙고 얍삽한 인간 폴로니우스 연출, 그리고 그대 오필리어 주연의 연극을 가장한 정찰과 감시였잖아.

오필리어 : 아니야. 그만…. (안는다.) 또 망상에 빠진 거야.

햄 릿 : 홀린 게 아니었어…. 그댄 우리를 구경거리로 만들었어. (뿌리친다.)

오필리어 : 아냐. 그러니까 난 알고 싶었어. 당신이 무슨 생각을 하고 있는 건지, 무엇 때문에 그렇게 힘들어 하는 건지 그 누구보다 더 알고 싶었어. 당신은 아는 이 하나 없는 이 궁전에서 손을 내밀어 준 유일한 사람이었으니까. 당신을 사랑하니까.

햄 릿 : 사랑? 그런데 어쩌나…. 그 사랑이란 놈은 겉과 속 다른 뚜쟁이인걸…

오필리어 : (햄릿을 때린다.)

햄　릿 : 더 때려봐. 고통을 머금은 사람이 얼마나 최고의 쾌락을 느끼는지 보게 될 테니까….

오필리어 : 고통을 주려 했던 게 아냐.

햄　릿 : (웃는다.) 당신을 흥분시킨 건 내 배경 때문이야. 졸지에 왕이자 아버지를 잃어버린 어린 왕자, 삼촌과 재혼하는 어머니를 봐야만 하는 가엾은 왕자. 하지만 언젠가는 그 상처를 딛고 왕이 될 거라는 환상적인 이야기.
그 환상의 동화 속에 자신이 서 있고 싶은 거지.

오필리어 : 난 그러면 안 돼?

햄　릿 : 그대는 모든 걸 걸었으나 그대 자리는 여전히 악취 나는 물웅덩이 위가 될 거야.
(나가려 한다.)

오필리어 : 약속했잖아! 나를 있게 해 준다고!

햄　 릿 : 그런데 사내 약속이란 게 노름꾼의 화투짝 같은 거라서….

어디선가 들은 것 같지 않아? (나간다.)

오필리어 : (막아서며) 나를 사세요.

햄　 릿 : (사이) 그러지.

음악, 햄릿 난폭하게 군다.

오필리어 : 내가 가엾지 않나요?

햄   릿 : 가여워…. 우린 서로에게 솔직해야 했어. 오필리어….

고백하자면…. 내가 당신에 대해 아는 거라곤 오직 내게 처녀를 바친 여자라는 것밖에 없어. 그러니 내 옆에 있게 될 거야. 하지만 당신은 화환에 불과하게 될 거야. 우리를 배반한 세상을 가리는 공사장 가림막일 뿐이지.

코러스 막간극

코러스 막간극

광대들이 노래 부른다.

때론 한 남자에게 모든 사랑을 바치는 여인이 된다는 것이 힘들 때가 있습니다.
당신이 힘들 때 그는 즐거운 시간을 보내기도 해요. 당신이 이해할 수 없는 짓들을 하면서.

햄 릿 : (나가려다) 아, 내일 저녁 왕과 왕비를 위한 특별한 연극 공연이 있어. '쥐덫'이라고. 그대가 가르쳐 준 연기가 큰 도움이 됐어.
꼭 와서 내 곁에 있어 줬으면 좋겠어.
덴마크 왕자가 혼자보긴 좀 그렇잖아.

하지만, 그를 사랑한다면 용서해 주세요.
비록 그가 이해하기 힘든 사람이라도.
그를 사랑한다면 자랑스럽다고 말해주세요. 왜냐면 어쨌거나 그도 그냥 남자일 뿐이니까.
춥고 외로운 밤에 두 팔을 벌려 그의 목을 감싸 안으면 따스함이 밀려올 겁니다.

8장

폴로니우스, 클로디어스, 오필리어 각각의 방백

8장. 폴로니우스, 클로디어스, 오필리어
　　　　각각의 방백

클로디어스 : 이 상황에 대해, 그 연극에 대해 이야기해 볼까. 우선 말하기 전에, 국가 공동체가 눈에 보이지 않게 서서히 무너져 내리고 마침내는 점점 걷잡을 수 없는 악몽이 되어가는 상황보다야 차라리 비루한 현재가 훨씬 낫다는 게 내 생각이야. 어쨌든 그건 그렇고, 법으로 부여받은 신분이 무엇이던 간에 자신이 가진 그릇과 크기를 뛰어넘는 지위를 가진 애송이 햄릿. 확신을 갖고 통제하거나 제대로 알기는 어려운, 위험하고 사악한 복합체. 내가 왕위까지 약속했지만 그 자식은 소위 '유령의 복수' 얘기로, 또 스캔들로 혼란만 양산하고

있다고. 뭐가 뭔지 그 속을 알아낼 필요가 있어. 한때 형수이자 지금 내 아내의 충복 폴로니우스는 그 행태가 자신의 딸, 오필리어에 미쳐서 그런다고 해. 그러면야 나는 좋지. 하지만 햄릿, 국가 권력을 행사할 권한은 모든 희생을 감내하고서라도 일상적인 상황을 유지할 냉철한 통찰력과 배짱이 필요한 법. 이제 나의 일은 햄릿을 감시하고 경계를 늦추지 말 것. 나는 명정해야 한다. 권력은 책임 그 이상의 것이다. 아주 극소수의 사람만이 운명을 지배할 분이다. 나는 겸허히 운명의 요청을 받아들여야 한다.

폴로니우스 : 어디서 어긋난 걸까?

클로디어스 : 뭐 사랑? 햄릿의 광기가 오필리어에 대한

사랑 때문이라고?

폴로니우스 : 그렇게 감시하고 그렇게 주의를 줬건만.

클로디어스 : 걔 마음은 그쪽에 있는 게 아니잖아!

폴로니우스 : 어느 정도는 확신했지. 몸이 달았구나 하고.

클로디어스 : 우리의 감시를 눈치 챘나?

폴로니우스 : 나는 딸에게 분명히 말했어. 햄릿은 네 팔자에 없는 사람이야.

클로디어스 : 오필리어를 통해 햄릿의 의중을 떠보고, 오필리어에 대한 햄릿의 마음을 이용해 옭아매려던 계획을.

폴로니우스 : 그냥 적당한 혼처 찾아서 넘기려 했지. 혹시나 하는 마음에….

클로디어스 : 혹시 아까 그 일이 연극이었다면?

폴로니우스 : 내가 거간꾼, 뚜쟁이로 보이시나?

클로디어스 : 아냐. 그러기엔 미움이 너무 격렬했어.

폴로니우스 : 봤지? 내 딸년이 그동안 받은 정표며, 반지며, 편지를 돌려주고 그만 만나자고 했을 때 햄릿의 그 표정.

클로디어스 : 불순하고, 음험하고, 그 위험스런 충동. 사랑했었다고 하다 순식간에 창녀 취급하는 그 광기. 불안해, 불안해.

폴로니우스 : 왕자의 영혼에는 불온한 무언가가 있어. 그나저나 이 일을 어찌하나….

클로디어스 : 알을 깨고 드러내면 상당히 위험해.

오필리어 등장

폴로니우스 : 이게 무슨 망신이야. 시집은 다 갔다. 지 에미 피가 어디로 가겠어?

클로디어스 : 뭐 하나 물어보자. 우리 계획 말이다. 누구에게 말 한 적 있니?

폴로니우스 : 너 햄릿이랑 잤니?

오필리어, 고개를 끄덕인다.

동 시 에 : 왜?

오필리어 : 사랑한다고 했어.

폴로니우스 : 비싸게 굴라니까. 사내 말이란 게 노름꾼의 골패짝 인 줄도 모르고.

클로디어스 : 사랑이란 바보 새 잡는 덫. 가만…. 햄릿이 오필리어를 이용해 날 속이려 하는 거라면…. 도대체 뭐야????!!!! 망할!

폴로니우스 : 뭐? 왕자가 자기 때문에 정신이 나갔다고! 에효.. 똑똑한 척 하더니 단물 다 빨리고.

오필리어 : 아니야!

폴로니우스 : 사랑이 무슨 뜻인지도 모르면서…. 내 그렇게 못 올라갈 나무는 쳐다보지도 말라

했건만…. 어디 빨리 시집이나 보내 치워 버려야겠다. 제 주제에 무슨 왕자랑….

오필리어를 끌고 나가려 한다. 클로디어스, 폴로니우스를 먼저 보낸다.

클로디어스 : 좋아. 그렇다면 속고 속이는 건 자연의 법칙. 더욱 정교한 감시와 더욱 정교한 계획으로…, 네 안에 가둘 것! 할 수 있겠어?

오필리어, 끄덕인다.

오필리어 : 도마뱀! 나는 더 나아 질 거야.

오필리어, 퇴장한다.

폴로니우스 : 내 말을 들어봐. 나의 걱정은 오필리어의

순진함 이상으로 그 허영이었어. 강박적으로 연마한 궁중예절. 자유로움에 대한 요구. 극단적일 정도로 인정받고 싶어 하는 욕구. 난 그저 주어진 대로 살자고 했어. 하지만 그 애는 그걸 가질 수 있으리라 생각했나봐. 하지만 세상일이 자기 뜻대로 돼? 오직 인내와 자제 그리고 진짜로 문제가 될 만한 것은 무엇인가에 대한 날카로운 감각만이 우리 같은 것들을 앞으로 나아가게 하지. 그걸 깨우쳐 주리라 생각했어. 혹시라도, 제 말대로 왕자가 오필리어 치맛자락을 잡는다면야 손해날 건 없었지. 어떻게? 아까처럼.

9장
연극

# 9장. 연극

오필리어 : 이리 와. 햄릿.

햄　　릿 : 이 세상에서 우리가 무엇을 만들 수 있을까?

오필리어 : 노래하는 사내아이들. 당신을 닮아 사랑을 필요로 할 줄 알고, 자신들의 칼을 내려놓고 춤을 출 수 있는 그런….

햄　　릿 : 당신을 닮은 날카롭고 총명한 지혜의 눈과 내 입술을 부르는 목, 애무를 부르는 어깨, 용감하고 사랑스런 가슴에 숨겨있는 자줏빛 젖꼭지를 가진 그런 여자 아이도.

오필리어 : 웃음이 우리들의 스승이고

햄   릿 : 그리고 우리의 살이 우리 수업이라오.

오필리어 : 그럼 당신을 통해 새로 태어나게 해줘.

햄   릿 : 그대를 사랑해. 낡은 세상아 물러가라. 내 사랑과 내가 새로운 세상을 만들터이니.

오필리어 : 당신이 너무 좋아요.

둘의 사랑이 익어가고 어두워진 무대에 폴로니어스 등장해서 손전등을 켠다.
클로디어스도 등장해서 지켜본다, 오필리어는 둘의 등장을 의식하고

오필리어 : 이제 우린 연극을 해야 돼.

자신이 역할이 실제 자기인 것처럼 되어버린 배우처럼 행동해.

그래서 내가 '더 이상 사랑하지 않아.'라고 연기할 때

당신을 목숨보다 더욱 사랑한다는 의미로 번역해.

그러면 그들은 당신의 혼란과 당신의 눈물을 보겠지.

그러면 왕은 당신에 대한 터무니없는 의심도 거둬 들일거야.

그들이 우리의 불타는 사랑을 보지 못하고, 연극 안에 숨어있는 진실을 알지 못할 테니까.

하지만 그것들이 실제가 아니라

연기의 열정에 빠진 배우의 기술이어야 해…

우선은 사랑에 빠져 매달려. 대사를 행위에, 행위는 대사에….

둘은 다시 사랑을 이어간다. 클로디어스와 폴로니우스는 쑥덕대다가…

폴로니우스 : (클로디어스 몰래) 비싸게 굴어!

오필리어와 햄릿을 비추던 조명이 바뀐다. 오필리어, 반지 빼서 햄릿에게 준다.
다음부터의 연기는 과장되고 서툴고 우스꽝스럽다.

오필리어 : 돌려드릴게요.

햄　릿 : 나는 안 받겠소.

오필리어 : 보낸 분의 마음이 변했으니 향기가 사라졌네요. 가져가세요.

햄　릿 : 나는 그대를 사랑해….

오필리어 : 난 더 이상 당신을 사랑하지 않아.

햄   릿 : 아, 난 어떡하면 좋아. 억수 같은 눈물이 앞을 가리네.

햄릿, 퇴장한다. 클로디어스와 폴로니우스, 각각의 생각으로 퇴장한다.
햄릿, 다시 등장해서 오필리어를 바라본다. 오필리어 달려간다.

오필리어 : 잘했어. 왕과 아빠가 넘어간 것 같아.

햄   릿 : 그대는 순결한가? 그대의 붉은 뺨은 어디로 갔지?

오필리어 : 갑자기 무슨….

햄   릿 : 당신네들의 화장에 대해서는 들었어. 하나님은 여자들에게 한 가지 얼굴을 주셨는데, 여자들은 딴 얼굴을 만들어 분탕질을 하지.

오필리어 : 햄릿…. 왜 그래?

클로디어스와 폴로니우스 다시 등장한다.

햄   릿 : 나같이 마음 약한 사내가 너 같은 애와 결혼한다면 미쳐버릴걸?

오필리어 : 오, 햄릿…. 진정해. 이러지 마…. 나는 당신이 되어 당신의 혼란을 나눠 가지려 했던거야. 어디를 보고 있는 거야.

햄   릿 : 이 싸구려 창녀! 수녀원이나 가! 아니면

집 안에만 쳐 박혀 있던지. 어릿광대 놀음 하지 말고!

오필리어 : 아, 난 속았네.

햄릿은 퇴장한다.
클로디어스와 폴로니우스 퇴장한다.
오필리어 혼자 남는다.

10장
세기의 결혼식 - 모든 배역 등장.

10장. 세기의 결혼식 - 모든 배역 등장.

폴로니우스 :   Ladies & Gentlemen, attention, Please!
지금부터 새로운 왕의 대관식과 새로운 왕과 원래 왕비였던 왕비,
아니, 순결한 왕비의 결혼식을 거행 하겠습니다.

*거투르드, 클로디어스, 햄릿, 오필리어, 시녀 등장. 춤.
이들의 움직임은 일상적이지 않으며 마치 인형들의 움직임처럼 보인다.*
 * 콜라주가 재현되는데 거기에는 서글픔과 서커스의 익살이 결합돼 있다 *
 떠들썩한 결혼식이 끝난 후 모두 사진을 찍는다.
 햄릿만 남는다.

오필리어, 지켜보다 햄릿을 어루만져준다.
햄릿, 오필리어에게 기댄다. 예쁘다.

11장
연애편지

11장. 연애편지

두 배우가 각각의 조명 아래서 연기한다.

오필리어 : (편지를 쓴다.)
　　　　　햄릿….
　　　　　오늘 함께 해서 정말 즐거웠어.
　　　　　그리고 주신 선물 너무 고마워.
　　　　　제 마음은 하늘을 나는 매처럼 솟아올라
　　　　　세상 모든 소란으로부터 잠시 멀어진듯했어.
　　　　　난 때때로 팔을 쭉 뻗으면 날아갈 수 있을 거란 상상을 해.
　　　　　어린애 같이 형편없는 생각이지?
　　　　　그대의 미소가 날 설레게 해.

햄   릿 : (답장을 한다.)

오필리어, 내 친구….

당신과 함께 한 매사냥은 너무나 즐거웠어.

당신이 타고 있던 얼룩무늬 말은 마치 하늘을 나는 듯 보였어.

나 하나 고백할게 있는데….

내가 그 말을 얼마나 질투했는지 알아?

(마치 편지를 섰다 지우다 다시 쓰는 것처럼)

추신. 내 마지막 말은 부디 잊어주길!

오필리어 : 귀여운 내 장난감,

당신은 나의 삶과 나의 마음과 나의 영혼을 퍼가네.

나에게는 아무것도 남지 않았네. 사랑하는 나의 햄릿….

나를 기쁨으로 채워줘.
나는 햄릿의 마음속에, 햄릿의 사랑 속에,
햄릿의 옆에 온전히 서 있고 싶어, 나를
있게 해줘.

(폴로니우스 등장 의심스런 눈으로 지켜보
다가 옷매무새를 바로 해 준다.
편지를 발견하고 가지고 나간다.
폴로니우스가 나가면 다시 흩뜨린다)

햄   릿 : (클로디어스, 햄릿을 감시한다)
나는 그럴 거야….
매일 그대가 깨어나는 것을 보고 싶어.
베갯잇에서 그대의 머리카락을 발견하고,
부드러운 숨결을 내 뺨에 느끼고
당신의 미소를 보며 부드러운 입맞춤으로
당신을 깨우고 싶어…

하지만 당신이 없는 세상에는 즐거움을 앗
아가는 아버지,
음란하고 존경받지 못할 어머니,
비열하고 냉혹한 삼촌만 있을 뿐.
그런 인간들은 연인들의 열망과 사랑을 타
락시키고 전복시키려하지.
우리는 길러지고 감시당하는 개가 아냐.

오필리어 : 힘들어하지 말길, 나의 햄릿
나와 당신은 강철보다도 강한
사랑이라는 매듭으로 이어져있기 때문에….
나에게 계획이 있어….
우린 그들의 두려움을 누그러뜨려야 해.
우리의 사랑을 더 많이 외칠수록
그들은 더 많은 장벽을 쌓아 올릴 것이고
더 많은 관문과 더 무서운 경계를 할 거야.
그러니 우리의 사랑이 실패한 척 하도록 해.

언젠가 당신이 왕의 자리에 앉게 되면
우리는 우리의 연극이 성공했음을 축하하
며 살아 갈 거야.
우리 연극을 하기로 해!

12장
중천

12장. 중천

거트루드 : 어머나, 이게 누구야? 덴마크의 순결한 희생양! 오필리어.
　　　　　날 기억하겠니? 여기서 만나다니….

오필리어 : 왕비님! 이렇게 만나 뵙게 되다니.

거트루드 : 내가 네 시체를 거둬서 장례까지 치러 줬는데….

오필리어 : 모든 일이야 다 알려졌죠. 모든 게 다 이해되진 않지만….

거트루드 : 어차피 우리 둘 다 실패했어.

오필리어 : 무엇을요?

거투르드 : 살아남는 것.

오필리어 : 무엇으로요?

거투르드 : 무엇으로든.

오필리어 : 당신은 당신을 가장 높은 신분으로 유지해 주는 모든 행위를 암묵적으로 동의했어요. 그런 당신의 가식과 침묵, 무시무시하고 잔인한 외면은 모두를 파멸에 이르게 했고요.

거투르드 : 사랑을 떠 보고, 감시하고, 그 사랑에 스스로를 죽인 네가 그런 말을 하다니….

오필리어 : 날 비난하는 건가요?

거투르드 : 분명히 하자는 거야.

오필리어 : 왕비께서는 왜 그렇게 절 싫어하시죠?

거투르드 : 싫어하다니? 아니 난 오히려 그대를 부러워했어. 그대는 내가 단지 왕비자리나 지키고, 권력이 주는 단 맛에 취해, 세상일에 외면한 그런 인간으로 생각하지? 난 고아였어. 가진 것 하나 없는 허울뿐인 왕족이었지. 그럼에도 난 늘 왕족으로서의 품위와 허례를 강요당했어. 여자라는 감옥에 갇혀 살았지. 그리고 누군가가 감옥에서 꺼내주길 간절히 바랬어. 하지만 오필리어, 그댄 옳던 그르던 그대의 인생은 그대의 선택으로 빚어졌고, 그게 나는 질투 났던 거야.

오필리어 : 날 죽음에 이르게 할 정도로요?

거투르드 : 질투, 미움, 편견, 이런 것들은 물과 같아서 아래로만 향하거든.

오필리어 : 난 내가 되고자 했어요. 다른 누가 말해주는 그런 사람이 아닌, 하지만 내가 내가 되고, 내가 이루고자 했던 사랑은….

거투르드 : 사랑…? (웃는다.) 나도 너처럼 사랑만이 나를 구원하리라 믿었어. 유일한 수단이었고. 사랑?…. 결혼? 정욕이 모든 거였지. 난 그걸 충족시켜 줘야 했어. 클로디어스건 햄릿의 아버지건.
사랑이 얼마나 빨리 시들 수 있는지 알았거든….
완벽한 사랑이란 절대 이루어 질 수 없는 꿈이라는 것도….

오필리어 : 이제와 생각해보니 내가 햄릿을 사랑했다고 하지만 아니었어요. 우리가 사랑을 만들어 내지 못했다면, 그건 그 사랑을 끝까지 갈망하지 않았기 때문이죠.

거투르드 퇴장한다.

오필리어 : 생각해보면 나의 어리석음은 나 자신을 감추고 스스로를 믿지 못한 거였어요.
어느 날 햇볕 아래서 꾸벅꾸벅 졸고 있는 작은 도마뱀을 봤어요.
그런데 갑자기 그 도마뱀이 비늘을 움직이며 온 몸을 부르르 떨면서
서서히 껍질을 벗어내고 비늘 아래 있던 빛나는 보석 같은 본 모습을 드러냈어요.
어떤 도움도 없이 그 모든 걸 스스로 해냈어요.

그런데 더 놀라웠던 것은 벗겨낸 그 껍질을 버리지 않았다는 거예요.
도마뱀은 그걸 끌고 갔어요.
마치 그런 위장으로 자기의 빛나는 진짜 피부를 감춰야 할 필요가 있는 것처럼….
그 작은 도마뱀이 내 인생을 바꿔놨어요.

13장 - 프롤로그
햄릿과 오필리어의 첫 만남

13장 - 프롤로그
햄릿과 오필리어의 첫 만남

폴로니우스 : 오필리어! 오필리어! 오필리어!
　　　　　이 계집애 또 어디로 도망친 거야! 지 오빠 반만이라도 닮지.
　　　　　제 어미 닮아 밖으로 나돌아 다니기만 하고!
　　　　　어항은 왜 깨먹어.
　　　　　묶어 두던지 해야지. 들어오기만 해 봐라!
　　　　　(찾으러 나가면서) 오필리어!!!!!!!!!!!!!!!

상복의 햄릿 등장한다. 오필리어 놀라며 미소 짓는다.

오필리어 : 너 누구니?

햄 릿 : (오필리어 손에 든 금붕어가 든 봉지를 가리키며) 이건 뭐야? 잡은 거야?

오필리어 : 아니, 놓아주려고. 같이 갈래?

나가면서 둘은 손을 잡는다. 나가면서…

오필리어 : 이름이 뭐야?

햄 릿 : 햄릿.

오필리어 : 난 오필리어….
우리에겐 미래의 기억이 있어.

오필리어, 웃는다. 소녀들의 줄넘기 소리와 휘파람 소리가 들린다.

-끝-

전용환 희곡

오필리어 - 디 아더 사이드 -

초판발행일 2025년 11월 15일

지은이 : 전용환
발행인 : 김순진
편집장 : 전하라
디자인 : 김초롱
펴낸곳 : 도서출판 문학공원
등 록 : 2004년 3월 9일 제6-706호
주 소 : (우편번호 03382) 서울 은평구 통일로 633
    녹번오피스텔 501호 스토리문학사
전 화 : 02-2234-1666
팩 스 : 02-2236-1666
홈페이지 : https://blog.naver.com/ksj5562
이메일 : 4615562@hanmail.net

※ 책값은 뒤표지에 있습니다.
※ 저자와의 협의에 의해, 인지는 생략합니다.
※ 이 대본은 무단으로 공연되어서는 안 됩니다. 판권은 극단 청춘오월당에 있습니다.
※ 이 책은 2023년 〈장애예술인 창작활성화 지원〉 선정 프로젝트의 일환으로 서울특별시와 서울문화재단의 후원을 받아 제작되었습니다.